GUÍA DE LECTURA

Escrita por David Noiret
Traducida por Marina Martín Serra

Viaje al centro de la Tierra

de Julio Verne

Entiende fácilmente la literatura con

ResumenExpress.com

LOUIS-FERDINAND CÉLINE

MÉDICO Y ESCRITOR FRANCÉS

- **Nacido en 1894 en Courbevoie (Francia)**
- **Fallecido en 1961 en Meudon (Francia)**
- **Algunas de sus obras:**
  - *Viaje al fin de la noche* (1932), novela
  - *Muerte a crédito* (1936), novela
  - *Norte* (1960), novela

Louis Ferdinand Destouches, apodado Céline, es un autor francés que nació en 1894 y falleció en 1961. Autor de obras como *Viaje al fin de la noche* (1932) o *Muerte a crédito* (1936), es considerado uno de los novelistas más importantes del siglo XX.

La esencia de su obra literaria se desprende de una trayectoria vital atípica: veranea en muchos lugares distintos (Inglaterra, Camerún, Estados Unidos) y, aunque es médico de formación, lleva a cabo numerosas profesiones. Todas estas experiencias sientan las bases para que denuncie las vicisitudes de su época, en un proceso que lo lleva a adoptar opiniones difíciles de conciliar, desde el ejercicio gratuito de la medicina para los pobres hasta su conocido antisemitismo. Estas posturas harán que sea uno de los escritores más controvertidos de la literatura francesa.

VIAJE AL FIN DE LA NOCHE

LAS PERIPECIAS DE UNA DENUNCIA

- **Género:** novela
- **Edición de referencia:** Céline, Louis-Ferdinand. 1994. *Viaje al fin de la noche.* Traducido por Carlos Manzano. Barcelona: Edhasa
- **Primera edición:** 1932
- **Temáticas:** miseria, absurdidad de la guerra, colonialismo, exotismo, industrialización

Céline se vuelve un autor reconocido y afianza su legitimidad en el mundo literario gracias a Viaje al fin de la noche, publicada en 1932 y galardonada con el Premio Renaudot ese mismo año.

En esta obra densa con una prosa característica, el escritor critica con vehemencia que el mundo (y, en especial, la Europa de los años locos) se niega a constatar su propia miseria y escapa hacia una felicidad ilusoria que, en vez de mejorar la situación, no hace más que empeorarla. Así, a través de las vivencias de su narrador Bardamu, el escritor ofrece una visión sin concesiones de esta época, que sucede a la Primera Guerra Mundial. Un retrato original y disonante que adquiere un alcance universal gracias a los diferentes viajes del héroe.

RESUMEN

Con el objetivo de hacer que el resumen de esta novela sea lo más claro posible, hemos optado por una subdivisión en función del lugar de viaje.

PARÍS Y LA PRIMERA GUERRA MUNDIAL

Ferdinand Bardamu está en París con un amigo y, en busca de reconocimiento y para fanfarronear delante de él, decide ponerse a seguir una tropa y alistarse en el ejército. Sin embargo, el día a día de un conflicto mundial no es tan heroico como se esperaba: descubre la agonía y las bajezas de una batalla de la que no comprende ni el objetivo ni el funcionamiento. Un día, durante una misión de reconocimiento, se topa con Robinson, un reservista que tiene la ambición de desertar. Este personaje desempeña el papel de doble de Bardamu y, aunque en un primer momento este lo seguirá, más tarde lo rehuirá. Poco después de este encuentro, nuestro protagonista resulta herido de gravedad y es repatriado a la capital francesa, donde se le recibe como un héroe de guerra.

De vuelta en París, Ferdinand intenta olvidar los horrores vividos y disfruta de su fama, pero por poco tiempo, ya que rápidamente se da cuenta de la hipocresía de la situación: el valor ficticio de las medallas, el fervor que muestran las enfermeras y demás mujeres para acostarse con él, solamente con el objetivo de disfrutar ellas también de un poco de fama (como Musyne) o incluso las artimañas de los soldados heridos para no tener que volver al combate.

La misma ciudad de París es la imagen de la hipocresía reinante: aunque parece que todo va sobre ruedas, la ciudad está en plena decadencia económica. A Bardamu le repugna este ambiente y su estatus de soldado. Finalmente, después de otras dos estancias en el hospital, obtiene la exención de servir en el ejército. Más tarde, un nuevo encuentro con Robinson empuja al héroe a marcharse en busca de aventuras a África, en las colonias.

LAS COLONIAS (FORT-GONO, TOPO)

Después de un accidentado viaje por mar donde la tripulación y los pasajeros casi lo linchan, Bardamu desembarca finalmente en Fort-Gono. Allí, descubre que la vida es mucho más difícil de lo que había imaginado: no consigue adaptarse a las precarias comodidades, al calor agobiante, a las enfermedades, ni a los insectos, muy numerosos y voraces. En cuanto a los autóctonos, lo tienen intrigado, y se pasa la mitad del tiempo observándolos y, la otra, insultándolos.

El protagonista, empujado por la voluntad de triunfar, logra encontrar trabajo como empleado en un tenderete en Topo. Llegar hasta allí no resulta nada fácil y Bardamu llega débil a su nuevo lugar de veraneo, donde debe sustituir a un tal Robinson. Este último aprovecha la noche para volar hacia otros horizontes, cuidándose de llevarse la caja.

Flanqueado por dos acólitos (Alcide y Grappa), Bardamu lleva una existencia pobre y marcada por ataques de fiebre. El día que se quema su cabaña, comprende que las colonias no le ofrecerán la riqueza que esperaba. Entonces, decide marcharse de África para ir a Estados Unidos.

ESTADOS UNIDOS (NUEVA YORK, DETROIT)

A pesar de que su barco es puesto en cuarentena, Bardamu logra introducirse en la ciudad de Nueva York. Allí, descubre fascinado los rascacielos, Manhattan, Broadway, los bancos, las tiendas, el cine deslumbrante, los hoteles inmensos y laberínticos (el Laugh Calvin) y, sobre todo, el dólar, al que compara con un dios. Día tras día, el narrador ve cómo sus escasos ahorros coloniales van desapareciendo, como la nieve bajo el sol. Aunque al principio logra obtener fondos de una antigua amante (Lola), pronto se verá obligado a encontrar otro medio para poder subsistir. Así, se marcha a Detroit para conseguir trabajo en Ford. En esta empresa en pleno auge, se enfrenta a la realidad del trabajo en cadena, de los horarios infernales y de una paga escasa. Afortunadamente, su encuentro y su posterior relación con la prostituta Molly le permiten aguantar.

Una noche, en un tranvía, se encuentra a Robinson, que le convence para que vuelva a Francia y le dice que él también volverá y se reunirá con él cuando haya logrado regularizar su situación. Así, Bardamu, en contra de la opinión de Molly, vuelve a hacerse a la mar, esta vez para dirigirse a su tierra natal.

LA GARENNE-CLICHY

Han pasado muchos años. Después de haber vuelto a estudiar y de haber obtenido el diploma de médico, Bardamu se dispone a ejercer en La Garenne-Clichy. En esta ciudad ya hay muchos médicos, por lo que la vida del protagonista no es nada fácil: a menudo, es la última opción de sus clientes, y estos no le pagan. Esta gratuidad hace que se gane la fama de mal médico. Atormentado por el miedo a no poder curar a los demás, se tiene que enfrentar al lado miserable del mundo: un aborto que sale mal, un parto que termina en desastre, la pareja Henrouille, que intenta corromperlo con una suma muy generosa para que envíe a su suegra al asilo, o incluso su amigo Bébert, al que no logra salvar de la fiebre tifoidea. Para colmo, Robinson, que ha vuelto a Francia, lo acosa constantemente con sus problemas. Incluso necesitará que su antiguo camarada lo cure de urgencia, después de que una trampa elaborada por él mismo y destinada a asesinar a la suegra Henrouille se vuelva en su contra y lo hiera en los ojos. Con la oportuna ayuda del abad Protiste, Bardamu envía a Robinson convaleciente a Toulouse, con la suegra Henrouille. Durante este tiempo, lo contratan en un pequeño dispensario antes de hacer el papel de un pachá en un pequeño cabaret parisino. Esto le permitirá descubrir el mundo del espectáculo, sus alegrías y sus tragedias.

A continuación, Robinson lo invita a Toulouse. El hombre está recuperando la vista poco a poco, y está a punto de casarse con una tal Madelon. En cuanto a la suegra Henrouille, está en plena forma y trabaja haciendo que los turistas visiten una lucrativa cripta llena de momias.

De vuelta a París, Bardamu es contratado en el asilo del alienista Baryton. Después de que el narrador le haya enseñado inglés, este último le deja las llaves de su establecimiento a Ferdinand, y se va a Gran Bretaña. El héroe, que saca adelante mal que bien el asilo con ayuda de su amigo Parapine, ve cómo Robinson llega un día a su instituto, buscando esconderse de Madelon, a la que ya no soporta y con la que ya no se quiere casar. El médico, con un carácter diplomático, intenta que la pareja se reconcilie, pero esta tentativa acaba en tragedia: ante el rechazo categórico de Robinson de casarse con ella, Madelon le dispara, y este muere horas más tarde entre los brazos de Bardamu.

ESTUDIO DE LOS PERSONAJES

FERDINAND BARDAMU

Ferdinand Bardamu es el narrador y el personaje principal de *Viaje al fin de la noche*. Se trata de una figura recurrente en la obra de Céline, ya que lo encontramos también en otras obras, unas veces con el papel de héroe y otras con el de personaje secundario (podemos mencionar en especial *Muerte a crédito* o *La Iglesia*).

A lo largo de la obra, Bardamu evoluciona, siguiendo un desarrollo que se puede dividir en dos etapas. La primera cubre las tres primeras escenas y puede considerarse el aprendizaje de su época. Constatamos que, para cada una de las escenas, el autor utiliza el mismo esquema narrativo:

- una fase de fascinación en la que Bardamu se hace ilusiones de una vida mejor (la imagen heroica del regimiento, el lado aventurero de las colonias y el aspecto innovador de la modernidad americana);
- una fase de retorno a la realidad, durante la que las aspiraciones de Bardamu se ven frenadas por obstáculos (a menudo económicos) que le hacen poner de nuevo los pies en el suelo (la herida en el campo de batalla, las fiebres y la miseria en África, y el trabajo miserable en Ford, en Estados Unidos);
- una fase de denuncia: al enfrentarse a la realidad de las cosas (a menudo a través del trabajo), Bardamu toma consciencia de que todas las manifestaciones de una vida mejor que ve a su alrededor no son más que ilusorias, y

que solamente son provechosas para unos pocos.

Este recorrido triple que se podría calificar como iniciático pone al descubierto una de las características principales de este personaje: la imposibilidad de alcanzar la felicidad. Puesto que esta última tiene un carácter ilusorio en el mundo en el que Bardamu vive, el hombre no logra conservar su felicidad de forma duradera. Esto lo vemos muy bien en el ámbito de los asuntos del corazón (con los casos de Musyne, Lola o Molly) o en el de la amistad (con la relación intermitente que mantiene con Robinson, o con la que tiene con Parapine, que se termina en silencio).

La segunda etapa del desarrollo de Bardamu transcurre en la cuarta escena: al elegir el destino de médico, el héroe hace que su existencia cobre consistencia, le da un anclaje que acaba con las peripecias de las tres primeras. Céline, como si quisiera acentuar este cambio operado en su personaje, introduce un intervalo de varios años, de forma que el lector se encuentra en seguida ante un Bardamu mucho más maduro y que adopta una posición diferente a la de actor del relato: ahora es observador de un sufrimiento del que ha tomado conciencia (las descripciones detalladas del sufrimiento de los enfermos a los que visita son testimonio de ello) y que intenta aliviar con todo lo que está en sus manos.

ROBINSON

Robinson es un personaje con un estatus particular en *Viaje al fin de la noche*. Desempeña el papel de doble de Bardamu. Este último primero lo seguirá, pero luego lo rehuirá. Robinson es un hombre misterioso que está constantemente en busca de esa felicidad ilusoria en la que iniciará a Bardamu, y que este último terminará rechazando. En la primera parte del relato adopta el papel de guía para las propias experiencias del héroe, hasta tal punto que este lo considera un modelo a seguir para lograr triunfar. De hecho, se sorprenderá de su mala suerte en Estados Unidos: «Pero lo que me sorprendió más bien fue que tampoco él hubiese triunfado en América. No era lo que yo había previsto» (Céline 1994, 133).

A pesar de su perseverancia, Robinson no consigue nada. Sin embargo, su deseo de vivir feliz (y rico) es tan fuerte que lo lleva a aceptar todo tipo de tareas, incluso las más sórdidas: por ejemplo, lo vemos preparar una trampa para matar a la suegra Henrouille con la esperanza de ganar una suma de dinero muy generosa. No obstante, como Bardamu, Robinson tampoco logra acceder a la felicidad, haga lo que haga (como ejemplo, cabe citar su historia de amor con Madelon). Pero, a pesar de los numerosos fracasos que sufre, rechaza cambiar y se agarra a un objetivo que no podrá alcanzar, algo que Bardamu le reprocha con severidad: «Eres un burgués —esa conclusión acabé sacando [...] No piensas, en definitiva, sino en el dinero... Cuando recuperes la vista, ¡te habrás vuelto peor que los demás!» (Céline 1994, 225). Así, a la abnegación gratuita y al altruismo que demuestra el médico en la cuarta escena se oponen la sed de riquezas y las ganas del aventurero de disfrutar de los placeres pasajeros. Este antagonismo hace que su amistad se vaya deteriorando e invierte sus relaciones: así, vemos que Robinson se vuelve dependiente de Bardamu, contrariamente a lo que pasaba al principio (sobre todo en la escena donde este último acepta esconder a su amigo en su establecimiento).

Sin embargo, Robinson logrará liberarse de la ilusión de la felicidad al rechazar los últimos avances de Madelon. No obstante, para un personaje deslumbrado por completo por esta ilusión, este acto solamente podía terminarse con la muerte.

CLAVES DE LECTURA

VIAJE AL FIN DE LA NOCHE: EXPLICACIÓN DEL TÍTULO

Aunque la elección de incorporar el término «viaje» al título de la obra está justificada de forma evidente, asociarlo a la «noche» y sobre todo a este «fin» que nunca viene del todo explícito puede sorprender o incluso confundir. Las tinieblas no están ausentes de la trama, sino que son omnipresentes, ya sea en forma de simples marcadores espaciotemporales o de metáforas, algunas veces positivas y otras negativas (la noche como momento de descanso, de sueño; la noche como vector de soledad, de angustia, etc.).

Sin embargo, a través de una frase en particular, Céline tiende a poner en evidencia una pista para la comprensión: «La vida es eso, un cabo de luz que acaba en la noche» (Céline 1994, 195). El ambiente nocturno simboliza una atmósfera donde la vida, como las aspiraciones materiales y psicológicas, no puede (sobre)vivir. Los viajes de Bardamu y de Robinson para obtener la felicidad se vinculan, así, a una búsqueda imposible, ya que intentan poseer algo que no puede existir.

En el mismo orden de ideas, rechazar —tal como lo hacen ambos protagonistas— esta lógica de la ilusión que rige su mundo, es rechazar vivir en él. Por consiguiente, el «fin de la noche» es simplemente morir: Robinson se lanza a cuerpo descubierto hacia este fin del trayecto, mientras que Bardamu se queda en la frontera, consciente de las leyes que rigen su existencia pero sin rechazarlas totalmente (cabe pensar en su aventura con Sophie), algo que le permite ofrecerle al lector el relato de su vida.

UNA CRÍTICA CONTRA LOS INICIOS DEL SIGLO XX

Viaje al fin de la noche no solamente es el relato de un viaje iniciático y de sus consecuencias, sino que también es una viva crítica contra los inicios del siglo XX, descrito como una época en plena descomposición y que se complace en una especie de felicidad artificial, que le permite no darse cuenta de toda la miseria que lo rodea.

Esta denuncia se encuentra en las cuatro escenas de la obra. Cada una remite a una realidad precisa.

Primera escena: la Primera Guerra Mundial

En su descripción del conflicto, Céline pone en evidencia dos polos:

- el primero es la masacre que provoca un enfrentamiento de tal magnitud, y la incomprensión de las razones que deberían empujar a combatir («Por más que me refrescaba la memoria, no recordaba haberles hecho nada a los alemanes», Céline 1994, 7);
- el segundo es esta voluntad del pueblo parisino de olvidar que está en guerra y de vivir como si no pasara nada. Céline critica sobre todo la sed de gloria de las enfermeras, la cobardía de los soldados heridos, la fastuosidad de la fama y los aprovechados de la guerra (en especial, la

señora Herote).

Así pues, Célin deplora en su texto el lado ficticio de la vida: no existe el amor verdadero ni el heroísmo real, sino solamente un ambiente de sufrimiento que el mundo ignora volviéndose hacia un hedonismo ilusorio.

Segunda escena: las colonias

En esta sección, el escritor busca romper el estereotipo de las colonias asociado a una especie de El Dorado exótico: hace el retrato de compañías francesas ávidas de riquezas, que no dudan en explotar con dureza a los indígenas, o los que dicen ser aventureros valientes que no son más que extranjeros que sufren por el clima y están abrumados por un ansia de fortuna rápida, que es ilusoria. Esta descripción también le da la ocasión al autor de preguntarse quiénes son más salvajes, los extranjeros o los autóctonos.

Tercera escena: el sueño americano

Los años que suceden a la Primera Guerra Mundial son favorables para Estados Unidos. El país, en plena prosperidad económica, ve cómo su tecnología y sus ciudades progresan rápidamente: el símbolo por excelencia de esta doble dinámica es, sin duda, Detroit, que se desarrolla bajo la égida de las famosas fábricas Ford. Pero estas empresas necesitan una cantidad colosal de mano de obra. Esta vendrá de la despoblación rural americana, pero también del gran número de personas que dejarán una Europa devastada con la esperanza de una vida mejor. Sin embargo, la mayor parte del tiempo, el trabajo que les espera es insoportable y está mal pagado. Explotados al máximo por sus jefes, estos trabajadores solamente son una masa deshumanizada y automatizada, que trabaja para la comodidad de unos pocos. Esta deshumanización es lo que critica Céline. Una opinión rompedora, en una época en la que todo el mundo está fascinado por América.

Cuarta escena: la miseria del proletariado

Aquí, Céline dibuja el retrato de un proletariado urbano que sufre los peores males en el absoluto anonimato. Igualmente, se pone en evidencia la desconsideración que sufre el protagonista, a pesar de todo el alivio que intenta proporcionarle a esta capa de la población. Esta última sección de la obra hará que a menudo sea tildada de popular.

UN ESTILO DE ESCRITURA ÚNICO

Una de las características del sello de Louis-Ferdinand Céline es, sin duda alguna, su estilo de escritura: realiza una transposición escrita del lenguaje oral popular. Aunque este proceso está lejos de ser original en sí (ya lo utilizaba un autor como Eugène Dabit), el autor logra desmarcarse extendiéndolo a toda su obra, y no solamente a unos pocos diálogos. Esta elección no es anodina: traduce una voluntad del escritor de restituir bajo forma escrita la emoción del hablar cotidiano. Al adoptar una postura semejante, se pone deliberadamente en una posición opuesta a la de los grandes autores clásicos, cuyo estilo de redacción juzga demasiado hermético y frío.

La siguiente frase es un buen ejemplo de este estilo particular: «Pero el campo, debo decirlo en seguida, yo nunca he podido apreciarlo, siempre me ha parecido triste, con sus lodazales interminables, sus casas donde la gente nunca está y sus caminos que no van a ninguna parte. Pero, si se le añade la guerra, además, ya es que no hay quien lo soporte» (Céline 1994, 8). En efecto, encontramos numerosos rasgos populares, como repeticiones inútiles (en este fragmento, el uso de «pero» al principio de las frases) o las fórmulas que se utilizan sobre todo en lenguaje oral («ya es que no hay quien lo soporte»). Sin embargo, esta elección estilística no impide que emplee una prosa elaborada, con numerosos recursos estilísticos como las anáforas o las aliteraciones.

PISTAS PARA LA REFLEXIÓN

ALGUNAS PREGUNTAS PARA PROFUNDIZAR EN SU REFLEXIÓN...

- Qué papel desempeña Robinson en *Viaje al fin de la noche*: ¿el de un guía, un revelador o un antihéroe? Justifique su respuesta.
- ¿Qué argumentos podrían convencer al lector de que Bardamu es un personaje de ficción? ¿Y cuáles ayudarían a demostrar que es un doble novelesco del autor?
- ¿Por qué Céline tiene interés en escribir sobre un acontecimiento como la Primera Guerra Mundial?
- Explique en qué medida cada uno de los lugares visitados por Bardamu le brinda la ocasión a Céline de hacer una denuncia en particular.
- ¿Por qué podemos decir que la novela se abre y se cierra con un silencio? ¿Y esta afirmación, en qué medida le aporta una dimensión adicional al relato de Bardamu?
- Lea la frase siguiente: «Al fin y al cabo, ¡aquí puede uno salir adelante! Se jala mal, de acuerdo, y para beber, auténtico lodo, pero se puede dormir cuanto se quiera... ¡Aquí, amigo, no hay cañones! ¡Ni balas tampoco! En una palabra, ¡es buen asunto!» (Céline 1994, 94). ¿Por qué no formaría parte del español estándar? ¿En qué medida este estilo de redacción constituye una innovación absoluta de Céline?
- Teniendo en cuenta la época de la escritura de la novela, ¿se puede considerar que las afirmaciones de Bardamu sobre los negros de África están hechas desde el racismo?
- ¿Por qué podemos afirmar que la profesión de médico

de Céline desempeña un papel primordial en la misma trama y su concepción?

- ¿En qué medida el contraste entre la modernidad americana y la deshumanización de los trabajadores en Ford es representativa del concepto de la ilusión de la felicidad para Céline?

¡Su opinión nos interesa!
¡Deje un comentario en la página web de su librería en línea,
y comparta sus favoritos en las redes sociales!

PARA IR MÁS ALLÁ

EDICIÓN DE REFERENCIA

- Céline, Louis-Ferdinand. 1994. *Viaje al fin de la noche.* Traducido por Carlos Manzano. Barcelona: Edhasa.

ESTUDIOS DE REFERENCIA

- Alméras, Philippe. 2004. *Dictionnaire Céline.* París: Plon.
- De Phalèse, Hubert. 1993. *Guide de* Voyage au bout de la nuit. Voyage au bout de la nuit *à travers les nouvelles technologies.* París: Nizet, colección *Cap' Agrèg' n.º 4.*
- Latin, Danièle. 1988. *Le Voyage au bout de la nuit de Céline, roman de la subversion et subversion du roman: langue, fiction, écriture.* Bruselas: Palais de Académies.
- Morand-Devillier, Jacqueline. 2010. *Les idées politiques de Louis-Ferdinand Céline.* París: Écriture.
- Vitoux, Frédéric. 1978. *Céline.* París : Belfond. Colección *Les dossiers Belfond.*